Ricitos de Moho y los tres barbosos

Princesa Rosada y EL REINO DE MENTIRITA

Ricitos de Moho y los tres barbosos

Noah Z. Jones

BRANCHES

SCHOLASTIC INC.

A ELI Y SYLVIE

Copyright © 2014 by Noah Z. Jones
Translation copyright © 2016 by Scholastic Inc.

All rights reserved. Published by Scholastic Inc., *Publishers since 1920.*
SCHOLASTIC, SCHOLASTIC EN ESPAÑOL, BRANCHES, and associated
logos are trademarks and/or registered trademarks of Scholastic Inc.

The publisher does not have any control over and does not assume any responsibility
for author or third-party websites or their content.

No part of this publication may be reproduced, stored in a retrieval system,
or transmitted in any form or by any means, electronic, mechanical, photocopying,
recording, or otherwise, without written permission of the publisher. For information
regarding permission, write to Scholastic Inc., Attention:
Permissions Department, 557 Broadway, New York, NY 10012.

This book is a work of fiction. Names, characters, places, and incidents are
either the product of the author's imagination or are used fictitiously, and
any resemblance to actual persons, living or dead, business establishments,
events, or locales is entirely coincidental.

ISBN 978-1-338-03840-8

10 9 8 7 6 5 4 3 2 1   16 17 18 19 20

Printed in the U.S.A.   40
First Spanish printing, 2016

Book design by Will Denton

◆ CONTENIDO ◆

CAPÍTULO UNO

Conoce a Princesa

Esta es Princesa Rosada. Su nombre es <u>Princesa</u>. Su apellido es <u>Rosada</u>.

A Princesa Rosada no le gustan las hadas ni las princesas. Pero MUCHO MENOS le gusta el color rosado.

A Princesa Rosada <u>le gustan</u> las zapatillas sucias, los insectos gigantes, los charcos de lodo, los camiones y la pizza con mucho queso.

Sus padres le pusieron <u>Princesa</u> porque estaban muy contentos de tener finalmente una niña. Princesa tiene siete hermanos mayores.

Después de acostar a sus siete hijos, la mamá de Princesa entró al cuarto de su hija.

Es hora de acostarse, Princesa. Pero, ¿dónde está el vestido de hada princesa rosado? Estaba aquí...

Lo arreglé.

Princesa había cortado el vestido de hada princesa en pedacitos y luego lo había pegado con cinta adhesiva en algunos lugares. Hasta lo había coloreado con marcador marrón.

La mamá de Princesa suspiró. No sabía qué decir. Así que se despidió: "Buenas noches, mi pequeña vaquera de las cavernas".

La mamá de Princesa apagó la luz.

La barriga de Princesa empezó a
gruñir.

GRRRRRR
GRRRRRR

Ay, barriguita, no te
preocupes. Saldré a
cazar algo delicioso
para ti.

Princesa salió caminando en puntillas por el pasillo y se metió en la cocina. Estaba a punto de abrir el refrigerador, pero se detuvo.

El refrigerador siempre sonaba como un gato roncando —PRRRRRRR—, pero ahora no. Princesa pegó la oreja al refrigerador. Y escuchó un sonido muy raro.

¡PIII!
¡PIII!

Segura de que un pájaro se había metido en el refrigerador, Princesa lo abrió. En lugar de una olla con judías verdes, se encontró un paisaje con montañitas y lindas nubes blancas.

¿Qué?

Un pájaro morado gigante con lunares volaba por el cielo… ¡dentro del refrigerador de Princesa! Princesa se asomó para ver mejor.

¡Y se cayó dentro del refrigerador!

·CAPÍTULO DOS·
Allá voy, voy, voy

Princesa no recordaba haber caído.
Tampoco recordaba haber aterrizado
encima de un alce.

El alce se sentó y arregló su sombrero lo mejor que pudo.

15

Una chica se acercó corriendo. Acababa de ver a Princesa caer del cielo.

¿Estás bien? Soy Ricitos de Moho. ¿Cómo te llamas?

¿Ricitos de Moho? Ese nombre no suena nada bien.

Yo soy Princesa.

A Princesa le pareció que Ricitos de Moho había dormido en un pantano durante varias semanas.

17

A Princesa se le puso el pelo rosado en el momento en que aterrizó en el Reino de Mentirita.

A mí me parece que se ve bien.

Las chicas sonrieron.

Entonces, la barriga de princesa volvió a gruñir.

GRRRRR

¿Sabes dónde puedo encontrar algo de comer?

¡Conozco el lugar perfecto! ¡Sígueme!

Ricitos de Moho le tomó la mano a Princesa. Princesa tuvo que correr para seguirle el paso.

¿A dónde me lleva esta chica?

CAPÍTULO TRES

Una casa chiflada

¡Es aquí!

Ricitos de Moho se paró frente a una de las casas más raras que Princesa había visto. Parecía como si varias casas normales hubieran sido mezcladas en una licuadora. No había dos ventanas o dos puertas que se parecieran.

23

Princesa y Ricitos de Moho entraron de puntillas por la puerta principal.

Dentro, había una larga mesa de madera con tres sillas. Frente a cada silla había un tazón de chili.

Princesa se sentó en la primera silla. Era demasiado blanda.

Probemos otra silla.

La segunda silla era demasiado dura.

Esto no hay quien lo aguante. ¿Qué tal si probamos la tercera silla?

La tercera silla estaba cubierta con miel pegajosa y montoncitos de pelo.

Quizás debamos olvidarnos de las sillas y comer paradas.

Princesa tomó una cucharada enorme de chili del primer tazón.

¡BRRR! Este chili está muy frío.

Ricitos de Moho tomó una cucharada enorme de chili del segundo tazón.

¡AY! Este chili está muy caliente.

Entonces Princesa y Ricitos de Moho tomaron una cucharada enorme de chili del tercer tazón. ¡Y estaba perfecto!

¡Los barbosos hacen el chili más delicioso del mundo!

Princesa estaba a punto de tomar otra cucharada cuando vio que algo se movía en el tazón. Se acercó para ver mejor.

¡Una araña se asomó en medio del chili!

29

Princesa no estaba
segura de que fuera
una buena idea, pero
siguió a Ricitos de
Moho.

· CAPÍTULO CUATRO ·
Una cama muy cómoda

Cuando Princesa y Ricitos de Moho llegaron al segundo piso, les faltaba el aire. ¡Qué escalera tan larga!

Las chicas se metieron en la primera habitación que encontraron. Había tres camas. A Princesa se le ocurrió una idea.

¡Juguemos a los vaqueros de las cavernas!

Estas camas son perfectas para saltar mientras cazamos dinosaurios. ¿Qué te parece?

¡GRRaaaaaaaaaaaaaa!

Las chicas saltaron sobre la primera cama. Era demasiado blanda.

¡Qué cama tan incómoda!

¡Es imposible saltar en esta cama! ¡Es tan blanda como una banana! Probemos la segunda cama.

La segunda cama no era mucho mejor.

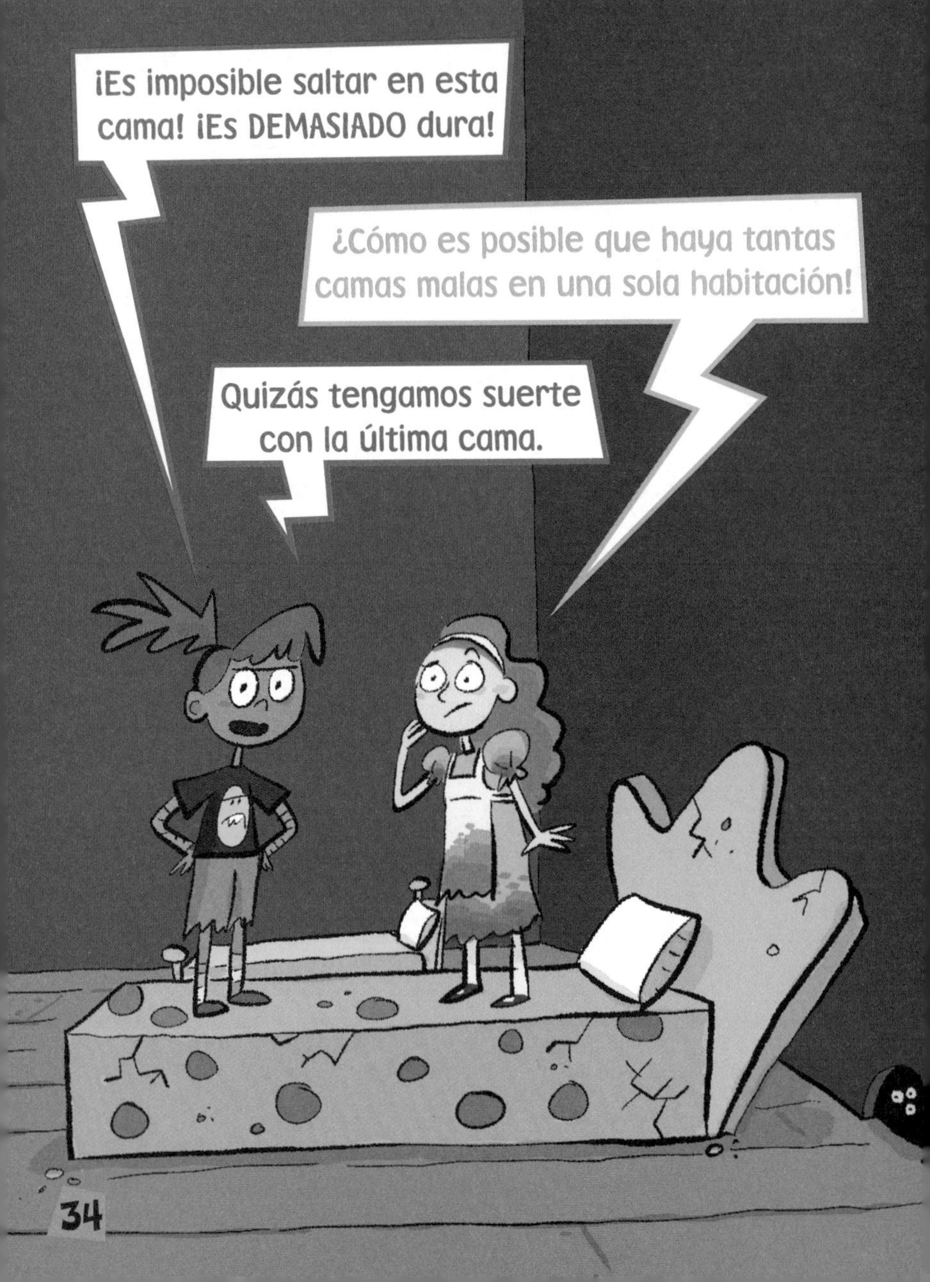

Las chicas tocaron la manta suavecita que cubría la tercera cama.

Estaban a punto de hacerlo cuando Princesa escuchó una voz.

Regina estaba acostada en la cama
con un pijama morado con dibujos de
conejitos. ¡Y no estaba sola! Había
muchas arañas más. ¡Demasiadas!

Princesa bostezó. Ricitos de Moho también bostezó.

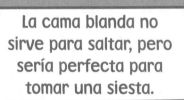

Tantas arañas roncando me dieron sueño.

La cama blanda no sirve para saltar, pero sería perfecta para tomar una siesta.

Las chicas se quedaron profundamente dormidas en la cama blanda.

Princesa y Ricitos de Moho se despertaron asustadas. Oyeron unas voces que venían del primer piso.

¡AHHHH! ¿QUIÉN SE HA SENTADO EN NUESTRAS SILLAS?

¿QUIÉN SE HA COMIDO NUESTRO CHILI?

Las chicas escucharon pasos en la escalera. ¡Los barbosos se acercaban más y más!

SHHHHHHhhhhhh. ¡Ahí vienen los tres barbosos!

¡¿Los tres barbosos?!

CAPÍTULO CINCO

Los tres furiosos barbosos

¡Oye, Mamá Barbosa! ¿Mi cama ha tenido siempre esos bultos?

¡Más le vale a esa araña atrevida y a todas sus primas no estar tomando una siesta de nuevo!

Papá Barboso quitó la manta de un tirón para ver quién estaba acostado en la cama de Bebé Barboso.

Princesa vio a tres barbas con piernas
y brazos que caminaban y hablaban. Los
tres barbosos, como los llamaba Ricitos
de Moho, la estaban mirando.

Princesa agarró a Ricitos de Moho de la mano. Corrieron escaleras abajo. Los tres barbosos las persiguieron con los brazos en alto.

¡CORRE!

Princesa le soltó la mano a Ricitos de Moho. Y se deslizó por la barandilla tan rápido como pudo.

¡Sígueme!

Princesa no paró de correr hasta que estuvo afuera, lejos de la casa de los tres barbosos.

Ricitos de Moho había desaparecido. Princesa miró hacia atrás y vio que Mamá Barbosa y Papá Barboso se llevaban a su amiga.

Y Bebé Barboso venía por ella.

¿QUÉ?

Princesa corrió y corrió hasta que estuvo justo debajo de la puerta por la que había caído al Reino de Mentirita.

Mamá Alce se acercó montando un animal muy raro. Parecía un unicornio, pero en lugar de un cuerno, tenía un atún en la cabeza.

¡Apúrate! ¡Bebé Barboso se acerca! ¡Atuncornio puede volar! ¡Te llevará hasta la puerta!

Atuncornio salió volando con Princesa en el momento en que llegó Bebé Barboso.

Princesa salió por la puerta.

Y la cerró tras ella. Entonces, se sentó en el piso frío de la cocina a recuperar el aliento.

Princesa había escapado de los tres barbosos. Había salido del Reino de Mentirita. ¡Pero había dejado a Ricitos de Moho en las garras de los tres barbosos!

Princesa sintió un retorcijón en la barriga. Se dio cuenta de que debía volver al Reino de Mentirita. ¡Tenía que salvar a su nueva amiga de los tres barbosos! Así que hizo un plan.

Y abrió la puerta del refrigerador.

·CAPÍTULO SEIS·
Un visitante terrible

Princesa volvió a aterrizar en el Reino de Mentirita. Entonces, corrió tan rápido como pudo hasta la casa de los tres barbosos.

Princesa se asomó por la ventana de la cocina.

¡Los tres barbosos estaban a punto de meter a Ricitos de Moho en una olla gigante de chili caliente! Regina y sus primas nadaban en el chili.

Ustedes no me quieren comer, ¿verdad? Estoy muy mohosa.

¡Este es el mejor baño de chili del MUNDO!

Bebé Barboso estaba ocupado añadiendo especias al chili. Una pelota de playa le dio a Ricitos de Moho en la nariz. Princesa tenía que hacer algo, ¡y rápido!

De pronto, alguien tocó con fuerza a la puerta de la casa de los tres barbosos.

¡TOC! ¡TOC! ¡TOC!

¿Quién es?

ES ABUELO BARBOSO EL TERRIBLE. ¡DÉJENME ENTRAR ANTES DE QUE DERRIBE LA PUERTA!

Los tres barbosos se miraron. Ninguno recordaba tener un abuelo llamado Barboso el Terrible.

Los tres barbosos abrieron la puerta.
Abuelo Barboso el Terrible irrumpió en la
sala.

¡NECESITO UN BUEN BAÑO CALIENTE
DESPUÉS DE ESTE VIAJE! ¿QUÉ HACEN
AHÍ PARADOS? ¡PREPÁRENME EL BAÑO!
¡Y PROCUREN QUE HAYA UN PATITO DE
JUGUETE!

TAMBIÉN NECESITO UN PIJAMA ENTERIZO. ¡DE ESOS EN LOS QUE SE PUEDEN METER LOS PIES!
¿Y ALGUIEN PODRÍA TRAERME LA MANGUERA DEL JARDÍN ANTES DE QUE PIERDA LA CABEZA?

Los tres barbosos tropezaron unos con otros para salir de allí.

Papá Barboso corrió al baño a preparar la bañera.

Mamá Barbosa corrió a la habitación a buscar el pijama.

Y Bebé Barboso corrió al sótano a
esconderse.

Habrían hecho cualquier cosa para que
Abuelo Barboso el Terrible dejara de gritar.

Mientras los tres barbosos corrían,
Abuelo Barboso el Terrible caminó
despacito hasta la olla gigante de chili.
La olió y se acarició la barriga.

Por favor, señor, no me coma.

· CAPÍTULO SIETE ·
¡Hora del chili!

¿Por qué me comería a mi nueva amiga? ¡Vamos! ¡Tenemos que salir de aquí!

¡La barba gigante era Princesa Rosada!

Ricitos de Moho se puso muy contenta.
Le dio a Princesa un abrazo con chili.

Las chicas saltaron por la ventana de
la cocina y corrieron a toda velocidad.
Regina y sus primas salieron de la olla y
se secaron con una toalla. Luego, fueron
a buscar un lugar donde dormir.

Princesa Rosada y Ricitos de Moho corrieron hasta el lugar donde estaba la puerta del Reino de Mentirita. Mamá Alce estaba allí poniendo una escalera.

Princesa subió por la escalera y miró a sus nuevos amigos.

¡Les prometo volver pronto!

Cuando Princesa cerró la puerta, el refrigerador comenzó a roncar como un gato.

Princesa volvió a abrir la puerta del refrigerador y todo estaba en su lugar. La olla de judías verdes estaba al lado del pomo de mostaza con la tapa sucia.

Princesa se comió todo lo que había en la olla.

Después sonrió, acordándose del Reino de Mentirita.

Ahora que tenía la barriga llena, solo quería dormir.

Princesa se tiró
en la cama.

Noah Z. Jones

es un escritor, ilustrador y animador que ha creado todo tipo de personajes alocados. ¡Se moría de ganas de sacar a la luz algunas de sus creaciones más chifladas para el Reino de Mentirita! Noah ha ilustrado muchos libros para niños, como *Always in Trouble, Not Norman* y *Those Shoes*. La serie para niños Princesa Rosada y el Reino de Mentirita es la primera que Noah ha escrito e ilustrado.

¿ Conoces bien el REINO DE MENTIRITA?

Mira la ilustración del Reino de Mentirita en las páginas 20 y 21. ¿En qué se diferencia del mundo que conoces?

¿En qué se parecen y en qué se diferencian los cuentos **Ricitos de Moho y los tres barbosos** y **Ricitos de Oro y los tres osos**?

¿Cómo salva Princesa a Ricitos de Moho de los tres barbosos?

¿Cómo sabe Princesa que el Reino de Mentirita no fue un sueño?

Usa palabras y dibujos para crear un cuento similar a **Ricitos de Moho y los tres barbosos** y a **Ricitos de Oro y los tres osos**. Pon en el cuento algo que sea muy blando, algo que sea muy duro y algo que sea simplemente perfecto.